ネコノス文庫
［キ 1-2］

シリーズ 百字劇場
納戸のスナイパー

北野勇作

neconos

ネコノス

納戸のスナイパー

空が広いところを歩いていて、月が二つあることに気がついた。ではここは火星か、あるいはここを火星と思わせたがっている狐か狸の悪戯か。そんなことをぼんやり考えていると、いつのまにやら月は三つに増えている。

自動販売機が煌々と田舎道を照らしている。昔は狐や狸に化かされて田んぼに落ちたりする者がいたようだが、それが設置されてからは、そんなこともなくなった。ただ、自動販売機の中に木の葉が入っていることがある。

狐や狸に化かされる話が好きだった。田んぼ道の向こうに見える花嫁行列がなかなか近づいて来なくて、そのうち小さくなって消えてしまった、とか。ああいうのは狸でなく狐の仕業、と祖母は友人のことのように話した。

運動会の大玉がいつもよりよけいに転がって、いまだ戻らない。何年かにいちどこういうことがあって、決して生徒のせいではなく純粋に確率的な事象ですと校長はコメント。野生化する玉は、白より赤のほうが若干多い。

納戸の奥には、今もスナイパーがいる。私が小学生の頃からだから、もう四十年以上になるのか。その位置からでないと標的を狙えないのだという。許可を与えた父と母はもうこの世にはおらず、妻にはまだ話せていない。

年老いた遊園地が死んだ。残された遊園地たちは、遺言状の内容をめぐっていがみあい、メリーゴーランドや観覧車や回転ブランコその他がいつもよりよけいに回転し、真夜中を過ぎてもその回転が弱まることはなかった。

風船が飛んでくる。いくつもいくつも飛んでくる。北の窓から入ってきて、南の窓へと抜けていく。ここはそういうところなんですよ。大家が言う。風船にはたまに手紙が付いてますけど、決して返事は出さないようにね。

鍋をつついていたら尻尾を出した。えっ、と思って台所を見ると、そこにも同じ鍋が。ははあ、狸だな、と気づいたが、鍋のほうは尻尾が出ていることにまだ気づいてはいないらしい。まあこのまま食ってしまえばいいか。

気がつくと墓地を走っていた。

どっちを見ても、墓石墓石墓石墓石墓石墓石墓石墓石。どう行けば出られるのか。いや、そもそもいつ迷い込んだのか。と、そこまで考えたところで、自分の墓からスタートしたことを思い出す。

これって何のスイッチなの、と妻が言って、壁のスイッチをぱちん。途端に、何も無くなってしまった。仕方がないから手探りで壁沿いにスイッチを探して、ぱちん。妻と世界が戻ってきた。あ、壁だけはずっとあったな。

やたらと地蔵が多いのは狸が化けているから、というのは嘘ではないが、しかし中には本物の地蔵もあって、しかし本物の地蔵ではあるが、狸がヒトを化かして作らせた本物の地蔵もある。ご利益率はだいたいどれも同じ。

狸が恩返しにやって来たから、サイコロに化けてもらう。よくわかっている狸らしく、説明もしていないのにちゃんと二の裏は五だ。さっそく鉄板で転がすとサイコロステーキになったが、こんなの腹の足しにもならない。

狐の嫁入りと狐の嫁入り、路地の角にて鉢合わせ。時節柄、重なることも多いのだ。そんなときには狐拳。負けたほうは狸に化けて、それですんなりすれ違う。狸の嫁入りなのに天気雨とは、と化かされているヒトもおり。

マフラーにされても生きていて、たまに恨み言が出たりもする。耳もとでやられると鬱陶しいが、そこがかわいいところとも言えるか。こんなに温かいのは生きているからこそだろうし、生きているとは愚痴を言うことだ。

稲刈りだというのに田植えのようなぬかるみで、稲刈り機のタイヤがいちど空回りを始めるともう前進も後退もできず、ただずぶずぶと泥に沈んでいく。そうか、稲刈り前によく見る夢だ。いっしょに沈みながら思い出す。

狸が投票所に入って来たが、すぐに見破られて追い返される。また来てまた見破られ追い返され、でもまだ来る。あまりにしつこいので投票させてやる。どうせ木の葉の無効票。まあ狸なりに危機感を覚えているのだろう。

近所の廃工場の前に金属の枠があって、普段は濁った水が溜まっている。覗くと金魚らしき赤い影が動く。晴れた日が続くと、からからに乾いて底が剝き出し。なのに、雨が降って水が溜まると、また赤い影が動いている。

雨ではなく、ピンク色の象型如雨露による水だったのだ。この時期、大陸から象型如雨露の群れが飛来し、我が国上空で前傾姿勢をとる。分厚い雲で見えなかったその姿が、気象衛星によってついに捉えられた瞬間である。

狸の世界にも選挙はあって、候補者は全員人間に化け、人間の選挙戦を戦う。つまり人間は人間を選んでいるつもりで狸を選ぶことになるわけだが、選挙結果を見て、狐につままれたような気になる狸も少なくないという。

明日から雨が続くらしいので、近所の空き地へ黄桃を取りに。たくさんなるのに、鳥が食べるか地面に落ちて腐るだけだから、何年か前から取るようになった。竹竿を手に夜の路地を歩く。月が出ている。黄桃のような月。

嵐の夜には、空き地の桃の木の下で決闘が行われる。ヒトに似た小さなものが一対一で対決するのだ。風で落ちた桃を拾いに行って偶然目撃してから、たまに見物に行く。同じ小さなものが、木陰から覗いていたりもする。

買ったばかりのソファの中には大抵誰かが入っていますから、ソファを傷つけることなく入っている誰かを出すことを考えなければなりません。もちろん、ソファだけではなくその誰かの心も傷つけないように気をつけて。

雨が上がったので、また桃を取りに空き地へ。妻と娘と三人で。だいぶ欠けたがあいかわらず黄桃のような月。誰が置いたのか空き地の隅にベンチがあってカップルがいる。彼らに我々はどう映ったのか。ま、見てないか。

狸と狐が候補者に化ける。狸が馬の小便酒をふるまう。狐が木の葉の紙幣を配る。狸が投票箱に化け、狐が偽の投票所を作る。狸が狐、狐が狸の化けの皮を剝ぐ。またやり直しだ。最初から狐と狸で選挙をすればいいのに。

誰かがスイッチを押したらしい。

突然、ジャングルが出現する。底なし沼も出現する。ついでに撮影クルーも出現したが、ああしろこうしろとあまりにうるさいので底なし沼に誘い出して沈め、全員で口裏を合わせて生還。

やたらとヘリコプターが降りてくる。用事もないのに降りてくる。その点はヘリコプターも気にはしているようで、えー、ヘリコプターのご用はございませんか、とスピーカーでしつこく言いながら降りてくる。ないのに。

狸が化けた鯉であることくらい、ちゃんと観察すればすぐわかる。まず尻尾が違う太過ぎる。髭が違う多過ぎる。鼻が違う黒過ぎる。鰭が違う丸過ぎる。鱗が違う細過ぎる。違うところは幾つもあるが、何よりも味が違う。

マンホールの蓋を撥ね上げて現れたのはマンホールマン。マンホールマンは身体にマンホールを持っていて、そのマンホールマンマンホールの蓋を撥ね上げて現れるのはもちろんマンホールマンマンホールマンで、以下略。

広くて大きな風呂にいる。腿くらいの深さの湯の中をざぶざぶと歩いていく。どこで道を間違えたのだろう。立ち込める湯気の向こうから、何かが笑っているような声が聞こえてくる。湯を好む生き物が棲んでいるらしい。

皆さん、この中に狸がいます。またかよ。探偵が一同を集めて言う。だいたい、これでもう何度目だ。なんで毎回、夜中に集めるんだよ。それでも文句を言いながら、皆集まるのだ。探偵の丸見えの尻尾は見てないふりで。

毛糸玉が転がって転がって転がり続ける。赤い毛糸を追いかけていくと、玄関を抜けて路地へと出てそれでもまだまだ続いているから追いかけて追いかけて追いかけ続けるが、さすがにこれはおかしいなと思い始めている。

お前は自動販売機なのだ。そう言われ、口から硬貨を入れられる。では、引き換えに出さねば。しかしいったい何を出せばいいのか。何の自動販売機なのかがわからない。まあわかっても、出せるかどうかはわからないが。

古いソファを捨てる。妻が実家から持ってきて長く使っていたものだが、もうすっかりくたびれている。しかし重い。なぜこんなに、と裏面の革の破れ目から覗くと内臓みたいなものが見えたが、見なかったことにしよう。

捨てたはずのソファがまだある、と思ったら、よく似たのを拾ったの、と妻。たしかに、裏面の革は破れてはいない。それにしてもこんなに重いものをどうやって。こうやって、と妻が言うと、ソファが四本足で歩き出す。

この先に空港があって、真上が進入ルートだから次々にやって来る。戦闘機、旅客機、旅客機、戦闘機、旅客機、輸送機、旅客機、戦闘機、旅客機、と来たが、この次が何かわかるかね。浜辺に腰かけた老人に尋ねられる。

この先に空港があって、真上が進入ルートだから次々にやって来る。戦闘機、旅客機、狸、戦闘機、輸送機、狸、戦闘機、旅客機、と来たが、この次が何かわかるかね。浜辺に腰かけた老人に尋ねられたが、こいつ狸だな。

また同じテントが現れる。いや、同じなのかどうかはわからないのだが、同じにしか見えない赤い三角のテントである。誰かが中にいるのか。よく見ようとして近づくと逃げる。テントごと逃げる。そういう生き物なのか。

お前が落としたのは、この河豚か、それともこの河馬、あるいはこの河童か？　河の女神を自称するものに尋ねられたが、そもそも何も落としていないしどれも欲しくないし、それに何より、河の女神というより河狸《ビーバー》だし。

便器のように見えるかもしれませんが、投票箱です。けっこうぐんにゃりと柔らかいですが、投票箱です。熱くも冷たくもなく、人肌です。あ、最近、歯が生えましたよ。投票の際は、指を噛み切られないよう気を付けて。

高枝切り鋏で高枝を切る。隣の庭に落ちてしまった高枝を拾おうと柵の隙間から手を伸ばしたら、なんと腕が抜けなくなった。大声で助けを呼んでいると、隣家の夫人がにやにやしながら出てきて、お前の落とした高枝は。

こんなふうに急に真っ暗になったときは大抵、狐か狸かに化かされている。そうでもなければ、いきなり真っ暗になったりはしない。全電源喪失などあり得ないのだから、それしかない。この中に狐か狸が混じっています。

暗闇で何かを落としたと思うのだが、何を落としたのかがわからない。仕方がないのでまた同じ暗闇に行き、暗闇で探し、暗闇で拾って、暗闇から出てきた。でも、何を落として何を拾ったのかは、暗闇でしかわからない。

次の芝居の顔合わせ。初めての顔がたくさんいて、もちろん向こうから見ればこちらも初めての顔のひとつだろう。この中に狸が混じっていてもわからないな。ふと、そんなことを思う。今回は狸の話です。演出家が言う。

狸を演じる稽古に来たのに、なぜか誰もいないのだ。本物の狸が混じっているらしいな。あわてて電話して、少し遅れて正しい稽古場に着いた。まあいっしょに芝居をするから、そんなにひどい化かしかたはしないようだ。

つまりこういうことです、と探偵が言った。皆さんがずっと羊毛百パーセントの毛布だと思い込んでいたこの毛布、じつは羊百パーセントの毛布だったのですよ。そうだったのかっ。警部が叫び、毛布がめええええと鳴いた。

牧場だと聞いていたのだが、どうにも牧場らしくない。これは化かされたかな、とも思うが、しかし今さらどうしようもない。そこらをぶらぶらすると、景色だけはいい。山を見たり空を見たり雲を見たりして草を食った。

狸の役か、と台本を見てあらためて思う。考えてみれば、狸ＳＦも狸ホラーも書いたことがあり、狸には縁がある。今住んでいる借家には、なぜか信楽焼の狸が置いてあった。化かされているとしても、ずいぶん昔からだ。

狸の芝居をやるので、家にずっと置いてあった信楽焼の狸を劇場に持って行こうと引っ張り出したら、今日から梅雨入り。雨になったら持っていくのが大変だなあ、と狸に目をやると、もうすでに笠をかぶって笑っている。

娘がなかなか起きてこない。布団から出そうとすると深く潜ってもう見えない。そんな化かしかたができるようになったか。静かに待つ。諦めたかな、と顔を出したところを捕まえて一気に引き上げた。いつもの冬の朝だ。

狸の芝居をやるので、関係者揃って祀られている狸様にご挨拶に。劇場のあるビルの地階のそのまだ下の階にそれはあって、一般のヒトは知らないし立ち入れない。狸もこのくらいになると、ヒトに穴を掘らせるのだろう。

いい気持ちで酔っ払っていたら、道の向こうに信じられないほど大きな月が出ていて、これは狸からのメッセージに違いないと道端の看板などにタを抜ける文章を探したが見つけることはできず、少し残念少しほっとする。

尻尾が出てます、と本番直前に指摘される。そりゃ、狸の役なんだから。いえ、衣装の尻尾じゃなく自前のが。なるほど尻尾が二本出ている。あわてて一本隠して舞台へ。間違えて衣装の尻尾を隠したが、まあ問題はない。

追いつめられいよいよ殺されそうになった恐怖で目覚め、えっ、これが今年の初夢、とがっかりして寝直して見たのは芝居の稽古をしている夢で、その前の夢も含めてぜんぶが芝居の稽古の夢、ということにしたいらしい。

お前の小説にはチラシの裏がお似合いだよ。愛しき読者にそう評されて以来ずっと、その教えを守っている。もっとも、近頃のチラシは両面印刷が多いのだ。だからまず、いいチラシを探すところから。むろんそれも修行。

皆で狸を磨く。この前は狸の形にするだけで精一杯だったが、今回はもう狸の形をしているから、最初から磨くことができる。よく磨いたほうがより化かせるようになるというのだが、もしかしたら化かされているのかも。

あかずの踏切と言われるだけあって、いくら待ってもまるで開く気配はなく、ついには踏切の向こうで待つ女の首が伸び始める。にゅるにゅるにゅるにゅると伸びてきて、もうすぐここまで届くのでは。そこへ電車がやって来る。

どざうざうざうざうざうざうざう、と激しい雨音が外から聞こえたから、洗濯物を取り込もうと物干しに飛び出すと、すっきり晴れた秋の夜空に今まで見たことがないほど大きな満月が浮かんでいた。狸の嫁入りと言うらしい。

地下には狸、屋上には狐を祀ることで、ビルのバランスをとっている。狐が引っ張り上げるのを狸が繋ぎ止めているのか、狸が盛り上げるのを狐が抑えつけているのか。なんにせよ、狐と狸ではそのベクトルが違うらしい。

地下には狸、屋上には狐を祀ることで、ビルのバランスをとっている。それが狸の言い分なのだが、実際には屋上は完全に狐に制圧されてしまっていて、それに便乗させてもらおうという狸の戦略である、という説が有力。

真夜中、たかたたかたかたかたたたたかた、と玄関から軽快に聞こえるのは靴の踊る音だ。そうかあ、うまく鳴らしてやれないから欲求がたまるのか。しかしこれじゃまたお隣に謝りにいかないとなあ。今後の話はそれからだ。

雨が上がって日が射すと穴から這い出してくる。最近ずいぶん増えたが、あれっていったい何なのかなあ。まあ機嫌よくしているようだからそんなに怖い感じはしないが、しかしいつまでも機嫌よくしているとは限らない。

真夜中、ぱぱぱらぱうぱぱらうぱぱら、と二階から軽快に聞こえるのはラッパの音だ。そうかあ、うまく鳴らしてやれないから欲求がたまるのか。しかしこれじゃまたお隣に謝りにいかないとなあ。今後の話はそれからだ。

妻が炬燵に潜って出てこない。

お母さんずるいよ、と娘も頭から炬燵に潜った。二人とも顔も出さない。そういえば去年の冬もそうだったな。仕方なく春までひとりで冬眠したのだ。あいつら、しなくてもいけるんだよな。

お金にするための木の葉を集める。ベランダから手を伸ばして袋に入れていく。これがお金になるのだからお金に困ることはなさそうだが、お金に変えるには、それ以上のお金と手間が必要なのだ。まあ、うまい話はない。

朝起きるとテーブルの上にメモがある。文字のような絵のような地図のようなものが書いてある。書いてあるものはいつも同じだが、毎朝見ているうちに少しずつ読めるようになってきた。だんだん近づいてくるみたいに。

ちゃきちゃきちゃきと鋏の音が心地よい。さすがにプロは速い、そして正確。三角形のほうが滞空時間が長いらしいが、速く落ちて欲しい場面もあるそうだ。暖冬には紙吹雪の需要は多い。世の中にはいろんな商売がある。

よく言われるように、誰かを騙すにはまず自分から。だからむしろ、上級者になればなるほどそうなってしまいがちである。そう、化けたまま暮らしているうち、自分が狸だということをすっかり忘れてしまっているのだ。

目も開けていられないほどの猛吹雪で視界はとっくにホワイトアウト。そしてさっきまでは膝くらいだったのが、気がつくともう胸のあたりまで埋もれてしまっているのだ。動けない。そうか、紙吹雪でも遭難するんだな。

亀と狸が東海道ですれ違う。そう言えば昔、亀に化けたことがあったなあ、と狸。いや、化けたんじゃなく、あの頃はまだ亀だったんだっけ。どっちも違うよ。だいたいあれは甲羅じゃなくて茶釜でしょ。連れの狸が言う。

いつもの喫茶店に寄ったのだが、様子が変。空っぽなのだ。あれれ、昨日まで普通にやってましたよねえ。いえいえ、もう何日も前から抜け殻でしたよ。いやいや、だって昨日もここで、と首を傾げているのは私の抜け殻。

爪切りで爪切りを切るコンテストが今年も開催される。爪切りを構えた参加者が互いの爪切りを切りあうのだ。爪切りで切られた爪切りが会場に散乱し、最後に残った勝者がつぶやく。また爪でないものを切ってしまった。

私、じつは狸なんですよ、人間に化けて暮らしていますけどね。えっ、ずっとですよ。生まれたときから、ずっと。ま、両親だってそうだからね。いやあ、そんなこと教えてくれるわけないでしょ。自分で気づいたんです。

冬なのに生ぬるい風がずっと吹いているのは、日本の南方に大量の幽霊が発生したためと思われます。かねてより、発生と消滅を繰り返してはいましたが、ここ数年は発生が大幅に上回っており、一定量を超えたようです。

基本的にはバケツリレーで対処するということに決定しましたが、むろん従来のバケツリレーで充分だとは言えません。国民の皆さんには、バケツマラソン、いや、バケットライアスロンの気迫で取り組んでいただきたい。

狸に化けているせいなのか、日に日に肉体の狸率が上がっていく。まあそれは仕方ないとは思うが、はたして何パーセントまでなら大丈夫なのだろう。いやあ、まだまだ大丈夫ですよ、と狸は言うが化かされているのかも。

商店街の天井にいた蜘蛛男が消えた。年末は留守にします。当人はそう言っていたが、赤と白の衣装に着替えて別のキャラクターを演じることくらい皆知っている。まあそれを言い出せば、そもそも蜘蛛男でもなかったたし。

爪にするか鱗にするか羽にするか、次までに決めておくように、と言われたが、爪も鱗も羽もすでに持っているし、いったいどういう意味で尋ねられているのかなあ、とか考えているうちに次が来てしまって、こうなった。

雨がしょぼしょぼ降る午後に、
お客の少ない動物園。狸芝居とい
うことで、朝から狸に化けている。
何やら化かされてるような、そん
な気がして外を見る。ガラスに映
るその顔は、狸の耳のついた顔。
獣の耳が立っている。

夜道をパンダの人形がのたのたと歩いている。小型犬くらいのサイズか。後ろから見ても、パンダはパンダだとすぐにわかるんだな、と思う。しかし、どういう仕組みで動いているのだろう。小型犬でも入っているのかな。

長い旅行に出ると、なんとなく気に入った石を二つ三つ拾って帰ってくる。昔は透きとおったのが多かったのだが、最近では肉の切り口や滲んだ血を思わせるものばかり。でも、血が滲んでいればいいというわけでもない。

ひさしぶりに狸の役、というか、自分が狸の役をしている人間か人間の役をしている狸か、わからなくなってしまった。まあ狸を演じるときは人間、人間を演じるときは狸、と思ってるほうがうまくいくからこれでいいか。

とくにすることもなくて楽屋でだらだらしている。出番までずいぶんあるし、出番と言ってもただ出るだけのようなもの。ちょっと聞いたんだけど、ここ出るんだってね。うーん、まあ嘘じゃないけど、ただ出るだけだよ。

魂が落ちていた。魂を見るのは初めてだが、見れば魂だとわかる塊で、なるほど魂というのはこういう塊だったのか、さすがに魂だけあってちゃんと魂と書いてあるのだな、と感心しつつよくよく見ると、魂ではなく塊だ。

隣町の時計塔、途中に丘があって見えないはずなのだが、なぜか見える。でも正確なはずの時計が五分ほど遅れているから、本物ではないのだろう。ずいぶん手の込んだ化かし方で、なにやら知性のようなものを感じるな。

蜂蜜の瓶が並んでいる。前はここで販売していたのだが、今は見本の瓶を並べているだけ。昔、この店の前にはいつも行列があって、その半数以上は危険を冒してまで山を下りてきた熊だった。それで通信販売にしたのだ。

とてんとん、と雨だれの音で洗濯物を取り込みに物干しに出たが、くっきり影が落ちるような満月。でも翌朝、昨夜は新月だったことを知る。化かしかたにも様々な段階があって、最近では自分が生きているのも疑わしい。

物干しから見る今夜の月は赤くて大きくて、なんだか舞台の書き割りのように綺麗だと思う。しかしなぜ偽物のようであることを綺麗だと感じるのか。本物であることと。偽物であること。偽物が物干しに立って考えている。

お神輿のために若い者を集めねば。近頃は若い者も少ないから年寄りでも仕方がないが、どうしても力不足だ。担いだ者なら知っているだろう。あれ、担いでいるのではなく、暴れださないように皆で抑えつけているのだ。

暗いうちに港に着き、上陸して坂を駆け上がりそのまま一気に制圧した。朝飯前には仕事を終えて、あとは帰るだけ。坂の下には朝日に輝く港が見える。そこで初めて、自分たちを乗せてきたものが船ではないことを知る。

人間に成りすます訓練に演劇が取り入れられたが、指導者によって考えも方法論も違っていて、いったいどうすればいいのか、と悩むそれこそが演劇人としての第一歩なのだ、なんて言うのは、目的が違ってきてないか？

こんなところに牙が。前に見たときはなかったと思うが、後から付けたのか。ではこれが完成形なのか。ということは、鯨ではなかったのか。勝手に生えてきたなんてことはないよなあ。公園で遊具を見ながら考えている。

洪水の夢を度々見る。トランペットの入ったケースの蓋をあわてて開けるのは、蓋を閉めたままだと水に浮かんでどこかへ流れていってしまうかも、と思うから。他にやることがあるだろうに、いつもまずそうしてしまう。

セキセイインコが迷い込んできたので、「セキセイインコ保護しています」と書いた紙を玄関に貼った。何日かして家の前に、鳥籠とセキセイインコの餌が置かれていた。今もたまに餌が置いてある。どうしろというのか。

すぽぱぺっぷもぺててぱうろうぷっ。あの生き物が何か喋っている。何を言っているのかはわからない。いや、喋っているのかどうかもわからない。でも聞いているだけで面白くて気持ちよくて、それで今夜もここにいる。

ザリガニが氷に閉ざされている。振り上げた両方の鋏のその周囲の水が凍ってしまったのだ。何かがあって鋏を振り上げたが、そのまま動けなくなったらしい。融けたとき、その行為はその場面から再開されるのだろうか。

以前は何者かだった者たちがヒトの姿に戻って何者かだった頃のことを懐かしく語りあい、最後にリーダーから、次に何になるべきかが発表される。どうせ本物にはなれないのだから、ヒトの偽物のままでもいいだろうに。

もう踏まれるのは嫌だよ。子狸が言う。だって、お前はまだ小さいんだから。それで今夜も枕木に化ける。頭の上には線路、その上は車輪、その上は電車の床、その上は座席。いったいいつになったら運転手をやれるのか。

円形の翼を持った生き物だ。昼間は家と家の隙間などで翼を畳んでじっとしているが、こんな雨の夜には、ぴちぴちちゃぷちゃぷ鳴きながら交尾の相手を求めて活発に飛び回る。昔は唐傘お化けと呼ばれていたものらしい。

雨の夜、傘の上に、どさり。傘をすぼめて見ても、何もない。首を傾げて傘を差すとまた、どさり。昔ながらの豆狸のいたずらだからつきあってやるが、透明のビニール傘だと丸見え、ということには気づいてないらしい。

自転車を連ねて妻の実家へと帰る。娘もずいぶん漕げるようになった。妻が先頭、真ん中に娘を挟んで走る。やたらと楽しいのは、いい天気のせいもあるが、三台でいっしょに走ることを自転車も楽しんでいるからだろう。

最近、物干しの上をよく宇宙ステーションが通過する、と思っていたが、本物ではなかったらしい。高倍率の望遠鏡で見てもちゃんと宇宙ステーションに見えるから勉強熱心な狸なのだろうが、なにしろ尻尾がついている。

戸を開けると表には狸が立っていた。何年か前、木の葉を持って住民投票に来た狸だ。またやるんだってな、と狸。もう化かされるのは御免だよ。それだけ言って背中を向け、去っていった。近頃、近所に空き家が増えた。

長屋の並ぶ路地の奥に水の枯れた古井戸があって、その底には無数の丼の破片が積もっているという。夫婦喧嘩をしたとき、井戸に丼を力いっぱい叩き込む。夫婦円満の秘訣だというその行為、井の中の丼と呼ばれている。

鬼が餅を撒く。餅を掴んだ者にだけ一年間の福が与えられる。餅の数は少ない。撒かれた餅に人々が群がる。これは鬼の復讐なのだと思う。ほら、もう終わってしまった。鬼が笑っている。誰かが来年の話をしているのだ。

　そこを抜ければ近道なのはわかっていたが、両方の板塀には柊の葉の数と同じ数だけ鰯の頭が釘で打ち付けてあって、奥へ行くほどその数は増える。それが怖くて通れない。自分は魔物なのかも、と子供の頃は思っていた。

ビニール袋にカラスが襲われている。以前はカラスにやられる一方だったが、こうなったのは、肉の味を覚えたからか。そのうちヒトも襲われるかも。しかしまあ、彼らに肉の味を教えたのはヒトなのだから、仕方ないか。

投票所に来た、まではよかったが、歩いても歩いても投票箱にたどり着けず、化かされているのを確信するが、それでも馬の小便のような酒と酒のような馬の小便、どちらを飲むかくらいは自分で決めたくて、歩き続ける。

工事中の穴に落ちた酔っ払いが助けを求めて一晩中叫んでいたのに誰も見に行かなかったのは、また騒いでいる、と皆呆れていたから。幸い命に別状はなかったが、なぜか今も声が。恨みだけはまだ穴に残っているらしい。

子供の頃、商店街の隅に置かれていた。硬貨を入れると、小指サイズの狐がミニチュアの社からおみくじをくわえて出てきて、掌に落としてくれる。どういう仕組みだったのか今もわからない。いつのまにやら無くなった。

道端に大きな亀がいるが、その甲羅には六角形も五角形もなく、碁盤の目のようになっている。子供が描いた亀みたい。狸だな。うどんに入れようと買ってきた油揚げをあげた。油揚げなら狐だが、たぶん狸も食うだろう。

腹に袋のある動物がやってきて、袋からいろいろ取り出し並べて見せてくれるのだが、どれもこれも使いものにはなりそうにない。はっきり言ってガラクタ。まあそもそも、袋のあるその動物も同じ袋に入っていたのだが。

浴室で銀河を発見。きらきら輝きつつタイルの上に幾つも渦巻いている。そうかなるほどわかったぞあれもこれもすべて納得。大発見に興奮しつつ、前にもこんなことがあったような、と思ったところで、のぼせて倒れた。

骨を手に入れるために骨付き肉を綺麗に食べなければならない。それがルール。手に入れた骨はすべて使用しなければならない。それもルール。おかげで脚が多くなってしまったが、そこは肉付けでどうにかするしかない。

重そうな何かを三人で運んでいるのだが、よたよたと見るからに危なっかしい。大丈夫なのか。思わずつぶやくと、横に立っていた老人が、いや、あれはこっくりさんなんだよ。なるほど地面に平仮名と数字が書いてある。

またしても重そうな何かを三人で運んでいるのだが、こっくりさんであることはすでに知っているからすぐ脇に避けた。こんなのが流行ってるのかな、と思っていると、前から棺を抱えた別の三人がよたよたとやって来る。

尻尾と耳を持っている。前に芝居で狸の役をやったときに使ったものを貰い受けたのだ。それからも何度か狸の役をやることはあって、そんなときには、尻尾と耳は自分のを持ってるから、と申告した。今回もそうだった。

雨が降ると、ぴよぴよぴよとヒヨコのような声が聞こえてくる。樋が鳴っているらしい。そういう仕掛けなのか偶然なのか、と思っていたらこのあいだ、こけこーっ、と甲高い声が響いた。観測史に残る大雨だったそうだ。

おや、珍しいこともあるものだ。今回はなんと人間の役か。人間ではないものとか人間に化けた人間ではないものの役ばかりだったのに。いや、そりゃやれるよ。ていうか、だいたいお前ら、本物の人間見たことないだろ。

雨がしょぼしょぼ降る午後に台地を越えて怪談の会に行った。参加者の選んだお気に入りの怪談をひと通り聞き終えて帰る頃にはすっかり日は暮れ、しょぼしょぼだったはずの雨はどしゃどしゃで、今もここで迷っている。

芝居で狸の役をやるのに尻尾を忘れてきた。これでは尻尾を出すことができない。仕方がないので、お前は狸を演じることになった人間に化けた狸だ、と自分を化かして尻尾を出そうと思う。狸ならそのくらいできるはず。

今からやってもうまくはならんよ。それでも反復練習すれば、何も考えなくても動くようにはなる。頭でなく肉体が覚えるんだ。考えるな、感じろ、ってやつか。最近、踊るゾンビが増えているのは、つまりそういうこと。

雲の厚い夜に表を歩いていて、頭の真上に星を見る。雲に井戸のようなまっすぐな穴があって、まさに井戸の底から見上げるように、ここからだけ見える星。最初はいいものを見たと思ったのだが、三度目ともなると怖い。

花見というか、ただ花だけを見に来たが、花の向こうに妙にひょろ高くてのっぺりしたお城が見える。なんだか頼りない記憶だけで描いた絵のようだ。これは狸に化かされているのではないか。すぐそこに動物園もあるし。

不法投棄の山と山の間にそのブラウン管テレビはある。プログラムは懐かしのテレビドラマ。画面に映っているのではなく、箱の中で実際に演じられている。横から覗くと、舞台袖で出番を待つ小さな役者が見えることも。

大きな赤い月が坂の上に置かれている。そんなふうに見えるのではなく、実際にそこにある。傍らに月工場があって、地平線に馴染ませるため出来たての月をあそこに置くのだ。近くの松林には逃げ出した小さな月がいる。

ひとり旅に出た妻にお守り代わりに持たせた蛙が、二匹になって妻といっしょに帰ってきた。まあこうして無事帰ってきたのだから、蛙はちゃんと役目を果たしたのだろう。前みたいに妻が二人になったりもしなかったし。

朝になると、台所の床に小さな陽だまりができる。日が射してくる換気扇のすぐ外は隣家のブロック塀で、空など見えない。何かに反射してここまで光が届いているのだろうが、しかしどの季節も同じ時刻というのは妙だ。

交差点などない一本道、左右にはまばらに草の生えた赤土の地面があるだけ。信号機だけが立っている。なんでも、撤去しようとすると昔ここに暮らしていた者たちの幽霊が騒ぐという。もちろん信号も守らねばならない。

路地を歩いていると前方にボウリングのピンが出現するのだ。十本ではなく一本だけ。溝のすぐ横に立っている。試されているのか。倒せなくはないよ。しかし、それだけのためにマイボールを持ち歩くのはちょっとなあ。

すぐに暗くなるが、山は夕闇より黒いからよく見える。往きは左手に山を見ながら、帰りは右手に同じ山影を見ながら。それなら確実に戻れる。ただし、往きは右手、帰りは左手に見えるもののことを考えたりしなければ。

道路の端にバトンが落ちている。たまに自動車が踏んでいくが潰れないし変形もしない。象が踏んでも壊れないのでは。あんなもの拾ったら大変なことになるぞ。ここを通るたびにつぶやくのは、つい拾いそうになるから。

道路脇の木にタスキが掛かっている。風が吹いても飛ばず、皺にも団子にもならない。雨が降っても濡れないのでは。あんなもの掛けたら大変なことになるぞ、とここを通るたびにつぶやくのは、つい掛けそうになるから。

たまにラッパといっしょに風呂に入る。吹くためではない。ネジを外し、引き抜ける管は引き抜き、長いブラシで管の中をこすって湯を通してやる。そう言えばいつも妻と娘が留守のときだなあ、とこのあいだ気がついた。

アルマイト洗面器を背負ってどこからか来て、顔の汚れを一掃して皆の目を覚まし、またどこへともなく去っていくその男を、ヒトはマイトガイと呼ぶ。いろんな洗面器で洗顔してきたが、あんなのは他に見たことないぜ。

たまにいっしょに風呂に入る。音は出さない。ネジを外され、引き抜ける管は引き抜かれ、長いブラシで管の中をこすられながら湯を通される。そう言えばいつも彼の妻と娘が留守のときだなあ、とこのあいだ気がついた。

今夜も小学校で会議が開かれている。昔から七不思議の七番目はずっと空いたままで、そこに何を入れるのかを決める会議。参加者たちはそれぞれの団体を代表しているから、いつまでもまとまらない。というのは五番目。

また狸が来たよ。妻と娘が話している。なんでもすぐにローンを組まされるらしい。狐が持ってくる絵は偽物が多い、とか。ゲームの話だとわかっていても、そういう世界がどこかにあるような気になる。いや、あるのか。

薄い歯車のようなぎざぎざの丸いものが道に落ちている。なんだこりゃ。手裏剣でしょ、と娘が当たり前のように言う。最近増えたよね。手裏剣が？　まあ手裏剣っていうか、忍者がね。そうなのか。うん、質も落ちたよ。

長くて急な坂のてっぺんで芝居の稽古。のめり込み過ぎ勢いあまって転げ落ちる者が続出。もちろん次の出番までに転げ落ちてきた坂を駆け上がり息も整えておかねばならない。まあそれがいい稽古になるという説もある。

狸の店に行ったらさ。妻と娘が話している。システムキッチンを売ってたよ。うーん、狸のシステムキッチン、怪しいなあ。ゲームの話だとわかっていても、そういう世界がどこかにあるような気になる。いや、あるのか。

こんな冷たい雨の夜は、お粥屋が混雑する。いろんなものが熱いお粥を買いに来る。生きているものも生きていないものも、皆同じように冷え切っているから、お粥屋は区別しない。お粥屋も何年か前に死んでいるのだし。

ベランダに干してあった洗濯物がないっ。またＵＦＯの仕業か、と腹を立てたところで、隅に畳んで置いてあるのに気がついた。カラスが針金ハンガーを持っていったらしい。都会のカラスは、針金で巣を作るし服も畳む。

台本を受け取りに稽古場へ行く。台本は置いてあるのだが、なぜか誰もいない。とりあえず読んでみる。台本を受け取りに稽古場へ行くシーンからだ。台本は置いてあるのだが、なぜか誰もいない。とりあえず読んでみる。

夜道を歩いていると前方の四つ辻に、昨今の薄っぺらなのとは違う昔ながらの重厚な信号機が現れることがあるが、そういうのはまず間違いなく狸が化けた信号機。若い狸は、ちゃんと薄っぺらな信号機に化けるらしいが。

火事があってから何週間もたつのに、その前を通ると今でも焦げ臭い。一階だけが焼けて二階は残っているから、洞穴のようにも見える。焼け残った玄関の上にある電気のメーターが、なぜか最近すごい勢いで回っている。

妻と娘が探しものをするあいだ、砂浜で荷物の番をする。捜索範囲を分担し、ハンドサインを使って何やら情報交換しながら探しているようだ。それにしても、あいつらいつも探しているよなあ。何を探しているんだろう。

傘をひろげた途端ずどんと突風が来て、それだけで骨が何本も折れていた。春の嵐か。見ると、歩道には壊れた傘が幾つも落ちている。中にはだらだらと血を流しているのもあるが、これは傘に似た傘ではないものだろう。

空飛ぶ座布団だ。空を飛ぶだけではなく水に潜るし山にも登る地も走る、梯子段を上ることだってできるのだ。思いつくことはなんでもやれるが、そうなって初めて、ただ座っているというのがいちばん難しいのがわかる。

起きろ顔を洗え着替えろ飯を食え、娘をどたばたと小学校へと送り出したいつもの朝だが、出て行った後のテーブルを見ると、娘のお気に入りの人形が馬の人形に跨っている。何のメッセージ？　というか、いつのまに？

数年ぶりに行く稽古場だから、数年前を思い出す。娘と手を繋いで、ラブホテル街を抜けて行った。まだ一人での留守番は心配で、稽古に連れて行ったのだ。今夜、娘は留守番で、私は一人で稽古場へ。途中で道に迷った。

風が強くて、いろんなものが倒れている。どこから運ばれてきたのか道路の上でたくさんの桜の花びらが舞っている。横断歩道を横断せず、くるくる回っている。大サービスだな。何による何へのサービスかは知らないが。

最後まで出来てはなかったが、時間が来たから始めるしかなかった。途中までどうにか事は運んだが、ある時点からはもう大変。それでも行き当たりばったりで続けるしかない。今が、そう。つまり、今のこの世界である。

また人間ではないものの役か。

まあいつもそうだから意外ではないし、今さら人間の役を振られても、どうやればいいのかわからないから、ちょっとほっとしていたりもするのだが、しかし最後まで人間ではなかったなあ。

温泉宿の二階だか三階だかわからない部屋にいて、朝だ。角部屋であるこの部屋の東の窓から見下ろすと二階、北の窓から見下ろすと三階。宿の廊下と階段は複雑で、自分の部屋がわからなくなる客は多い。今の私もそれ。

標識が増えたなあ。それも何の標識だかわからないのが多い。家から駅までの間にも幾つもある。まあこれだけわけのわからないものが増えたら、そうなって当然か。しかし、あのいかにも危なそうな標識は何だろうなあ。

ロボットが近所をうろついているという噂を聞いた。特徴からすると、どうも何年か前に娘がダンボール箱で作ったロボットっぽい。玄関の隅に放置していて、いつからか見なくなった。だから目は入れるなと言ったのに。

歩く辞書がやってきた。喋る辞書もやってきた。踊る辞書と歌う辞書もやってきたぞ。せっかくこれだけ揃ったのだから、皆で何かやってみようじゃないか、ということになったが、どの辞書にも共通の不可能という文字。

あそこでもカナヘビが日向ぼっこしてるよ、と娘が指さしたところに見えるのは、赤い浴衣の女の子。娘にはあの子がカナヘビに見えるのか、それとも私にカナヘビがそう見えているのか。それにしても、なぜ浴衣なのか。

カナヘビだとばかり思っていたのに、ニホントカゲだと判明。えー、今さらそんなの、と娘がふくれる。カナちゃんって名前にしたのに。まあ、カナちゃんのカナは、カナヘビのカナじゃない、ということでここはひとつ。

ということは、あそこに見えるあの赤い浴衣の女の子も、じつはカナヘビではなくニホントカゲなのか。しかし私には赤い浴衣の女の子にしか見えないから判定のしようがない。図鑑を見せて、娘に両者の違いを説明する。

旅から帰った妻のリュックは、ぱんぱんに膨らんでいる。以前、放置していてリュックが破裂したこともあったから急いで出してやると、お礼に願いをかなえてくれるという。妻に閉じ込められたときの記憶はないのだな。

いろんなお面が置いてあると聞いていたが、どれも同じ顔なのだ。いろんな、というのは、顔ではなく、その大きさや形状のことらしい。犬用牛用から魚用まで、各種取り揃えてございます。人面人の店員が同じ顔で言う。

いろんなあれこれを置いたままんまにしているのだが、いよいよ取り壊されることに決まったと知らせがきた。その前に運び出しに行かねばならないか。しかしいざとなるとなかなかうまくそこへ行けないのだ。夢だからな。

毎年この時期になると、小学校の方から家庭訪問者がやってくる。小学校から来るのではなく小学校の方から、というのはもうお約束なのでわざわざ問い質す気もない。幾つかの質問に答えると小学校の方へと帰っていく。

夕日が綺麗だからそんな名がついたのだろう。その頃、海はもっと近かったはずだし、もちろんあんな塔やビルもない。いろいろ変ったが、やっぱり夕日は綺麗なままで、だからまた全部なくなってもやっぱり綺麗だろう。

どうやらこれは泥船らしいぞ。
沖へ出たあたりで気がついたが、
皆、楽しそうにやっている。どひ
ゃあ救命ボートも泥製だ。今さら
騒いでもどうにもならん、このま
ま何もせんほうがいい。浮き輪を
持った老人に睨まれる。

英霊でなく幽霊です、と繰り返し言っているのに、それはこっちが決めることだから、と聞いてもらえず、ついには英霊カードまで作らされることになって、しかもこれにはポイントがついてきますよ、と恩着せがましい。

雨の夜に出現する生き物。顔に手足が生えたような姿で、三体並んで立っている。きらきらと光る雨粒の中、それは異様でなんだか綺麗。それで雨の夜にしか出ないのかな。あのライトも自分たちで設置しているようだし。

京都に来たのだが、どうも作り物っぽい。そう言えば東京でも同じことを思った。そら、その東京をバラしてこの京都を組み立ててるんやから、そないに感じて当たり前どす。女の口調はぎこちない。こいつも作り物だな。

思い切って強力な呪文を買った。これで大抵のことは大丈夫。さっそく唱えようとしたがかなり難しい。まず滑舌の訓練。そう思ってやり始めて、もう四十年か。やれる気がしない。長生きの呪文を買うしかないのかなあ。

地図を見つけた。自分が子供の頃に描いた地図だ。川があって林があって鳥居があって石垣があって、その一角に赤で×印。何の地図だったのだろうなあ。もう川も林も鳥居も石垣もない。何よりも、描いた子供がいない。

東京に来たのだが、どうも作り物っぽい。そう言えば京都でも同じことを思った。そら、その京都をバラしてこの東京を組み立ててるんやから、そないに感じて当たり前どす、と見覚えのある女。こいつは京都のままだな。

公園の池からバラバラの何かが発見される。大まかにはヒトのようだが、ヒトっぽくない部分もちらほら。なにせバラバラだから。水掻きくらいならまあ誤差の範囲内。しかし甲羅はなあ。それに、このお皿みたいなのは。

夜店かあ。まだあるんだな。まさにここ。この夜店だったよ。手品の種を買った。おっと、開けるのは家に帰ってからね。わくわくしながら開けて、ものすごく練習しないとできないことがわかった。ま、そういう手品だ。

井戸端で幽霊たちが自分の身に起きた惨劇を毎晩繰り返すのだが、さすがに飽きたのか、役柄を入れ替えてやるようになり、実際に誰の身に何が起きたのやら自分たちにもよくわからなくなって、でもおもしろくはなった。

帰宅した娘が、月がでっかくてきれい、と教えてくれた。さっそく近所の空が広いところまで行く。前にもこんなことがあったな、と思う。いや、あれは夕焼けだった。まあ同じか。同じではないが、同じくらいきれいだ。

たくさんの欠片の中から選んだ狸色の欠片を並べて狸の形を作っていく。最初は狸になどまったく見えなかったが、やっていくうちにどんどんそれらしく見えてきてもう狸にしか見えない。化かされているのかもしれない。

そもそもそういう存在で、嘘か誠か虚か実か、夢か現か矛か盾、そんな狭間のどちらともつかないところに棲んでおり、二つを結ぶ頼りない綱の上をば渡ります。さて、ぶんぶく茶釜の綱渡り。うまくいったらおなぐさみ。

にわかに川が出現するのは狐か狸の仕業だから化かされないように。昔からそう言われてきたものだが、最近ではもうそんなことを言ってもいられず、ただちに命を守るための行動をとらねばならない。もちろん狐や狸も。

土砂降りと晴れ間がせわしなく入れ替わるおかしな天気で、雨で鳴るトタン屋根も鳴ったり止まったり。たまにそれが逆になったりして、ははあ間違えたな、と思う。天気かトタンか、どちらが間違えたのかは知らないが。

雨が激しくなっていろんなものが流されていく。ヒトの形をしたものが多いが、ヒトの形をしたヒトではないものもいるからすべてヒトとは限らず、でもヒトの形をしていないヒトもいるから、たぶんヒトがいちばん多い。

泥沼化した狸との戦争に勝利するため開発された狸型兵器。まさに人類の科学の結晶だ。化かす能力だってある。科学的な方法で敵を化かすのだ。いや、化かされてなんていない。ぶんぶく茶釜じゃなくてメカ狸だってば。

こんな雨の夜には、狸のことを思い出す。どの狸、ではなく、自分が狸だった頃のことを思い出すのだ。狸だったことは憶えているが、いったいいつから狸でなくなったのかがわからない。何かに化かされている気がする。

猫には猫の世界、狸には狸の世界、亀には亀の世界があって、ひとつしかないこの世界でそれぞれ別の世界を生きている。ときには猫、ときには狸、ときには亀。それを切り替えることができるスイッチがSF、なのかも。

妻と娘、ふたりで出かけて行った。同じようなキャップ帽をかぶって自転車で。ぶつぶつ文句を言いながらも娘は妻に付き合うし、ぶつぶつ文句を言いながらも結局は楽しそうに見える。妻と娘が仲良しでよかったと思う。

妻と娘が連れ立って出かけて、ひさしぶりのひとりの夜。するとやっぱり狸たちが訪ねてくる。妻と娘がいるとき姿を見せたことはない。あれ？　ということは、もしかしてそういうことなのか。今さらそんなことを思う。

狸の穴を抜けていく。その方法でしか行けない場所なのだ。だからまず狸になるところから始めましょう。そう言われてやっている。では皆さん、狸に化ける方法をこれからお教えします。疑わず素直に聞いてくださいね。

見えてきたときからどことなく狸っぽい色と形をした山だと思っていて、こうして足を踏み入れるとどことなく獣臭くて生温かくて、それもまたやっぱり狸っぽいぞと思ったが、山が笑っている今の状態は狸っぽいのかな。

多数の狸がそれぞれ各部を担当することで巨大構造物に化ける。そんな例があることは知られていたが、通常の狸だと考えられていたものも実は無数の小さな狸が化けたものの集合体であることが、最近の研究でわかった。

工場のように見えるが、じつは大勢の狸である。壁や床や扉や窓や屋根はもちろん、ベルトコンベアも工作機械も作業員も、すべては狸が化けたもの。そんな工場で次々に生産される狸は、はたして本物の狸と言えるのか。

やっているうちにいったい何をやりたいのか何のためにやっているのかわからなくなってきたが、猫のときもそうだったし猫のときもそうしたように、この先は内なる狸に任せよう。などと書いているこれもそうなのだし。

なんだか娘の様子がおかしい。妙に聞き分けがいいのだ。これはひょっとしたら、とよく見るとほら尻尾が出ている。お前、本当は狸だな、と尻尾をつかんで問い詰める。痛い痛い痛い、当たり前でしょ、狸の子は狸だよ。

猫用の茶碗が割れて代わりを買いに。薦められた店にはなるほど猫用の茶碗がずらり。さらに犬用茶碗、狸用茶碗その他も並んでいるが、人用はない。店主に尋ねると、なんでも使うでしょ、あいつら、とそっけない返事。

狸に雇われて人を化かすお手伝いをするだけの簡単な仕事に就けたのはよかったが、給料袋の中は木の葉が一枚だけ。もちろん抗議したが、担当者も狸に雇われただけの人で事情を知らないという狐につままれたような話。

風呂に入っていると、どこから木魚を叩くような音が聞こえる。気味が悪いので、うろ覚えの般若心経を唱えてみると、音は消えた。ずっとそうしているが、いい感じになるあたりで消えるのは、ちょっと残念ではある。

ショーウインドウにお馴染みのキャラクターたちのフィギュアといっしょに信楽焼の狸が。見つめると困ったように目玉がきょときょと動く。こいつ、狸だな。うまく化けたとは思うが、他のものに化けられなかったのか。

ずっと地蔵だと思っていたのに、今見たら信楽焼の狸なのだ。お堂の中は薄暗いから、今までちゃんと見ていなかったのかな、どうだったかなあ。なんだか化かされているような気がする、というか、化かされているのか。

ずっと地蔵だと思っていたのに、今見たら信楽焼の狸なのだ。薄暗いお堂から手探りで持ち出したらやけに軽くなってきて、見たらそうだった。しかしなぜこんなものを持ち出したのか。それも含めて化かされているのか。

いたるところで信楽焼の狸を見る。どれも同じポーズで同じ表情だから、見分けはつかない。じつはひとつしかなくて、そのひとつがいたるところから観測されるのだ、という説も。火星探査機が送ってきた写真の隅にも。

それが銀杏の葉だとこちらが気づいていることには、まだ気づかれてはいないはず。このまま化かされたふりで化かし続けるか。来なくなってしまったら寂しいからな。で、今夜も酒を用意して、狸が来るのを待っている。

解説

上田航平

狸は化ける。たったそれだけのことなのに、ここまで世界が深いとは。北野さんが描く、この短い作品の至る所に身を潜めている狸たちはなんともチャーミングで愛おしい。尻尾が出ていたり、木の葉が落ちていたり、時にはすたすたと歩き出してしまったり。緊張感のない、間の抜けた狸を見ていると、なんだかとても優しい温かい気持ちになる。この短編に登場する人間たちは、狸の正体を強引に暴いたり、大声を張り上げて指摘するなどといった野暮なことは決してしない。見て見ぬフリをしてそっと見守る。極めて日本人らしい。狸は日本人の気遣いから生まれた動物だと思う。長い歴史の中で、私たちはずっと、狸に化かされてあげていたのかもしれない。

そうやって作品を読み進めていくと、次第に人間すらもまぬけに見えてくる。バレバレなのにすっとぼけようとする人間も、狸と同じくらい滑稽になってくる。まるでツメの甘いサプライズに気付かぬフリをし続けるように、だんだんとその知らぬ存ぜぬの顔にまぬけさが広がっていく。狸によって狸らしさが引き出されていく人間。狸が人間を狸色に染めていく。いや待てよ。そもそも、その人間は果たしてほんとに人間なのか。狸に気付かぬフリをする、人間のフリをした狸。その可能性は充分にある。ましてやこれを書いている著者すらも実は。

「あの人も狸じゃなかろうか?」そうやって夢想する楽しみがこの小説にはある。

北野さんは短い言葉で狸と人間の日常を切り抜いていく。読者はまるで古いアルバムをめくるように、このSFをセンチメンタルに見つめる。SFを懐かしむ。昔の両親の写真を見たときに感じる、あのノスタルジックさがこのSFにはある。

SFというのはフィクションであり、端的にいえば嘘である。その嘘に血を通わせるのは想像力と愛情だ。想像も愛がなければ単なる願望に終わる。人間と狸の関係のように、北野さんのこの作品に対する態度は、嘘への優しい思いやりであふれている。

（二〇二三年三月）

シリーズ 百字劇場

納戸のスナイパー

著者

北野《きたの》勇作《ゆうさく》

二〇二三年　四月三十日　初版一刷発行

発行人　大津山承子

発行所　ネコノス合同会社

郵便番号一五四―〇〇一一

東京都世田谷区上馬三―一四―一一

電話　〇三―六八〇四―六〇〇一

FAX　〇三―六八〇〇―二一五〇

印刷　シナノ印刷株式会社

製本　株式会社 積信堂

制作進行　小笠原宏憲

編集協力　浅生鴨　茂木直子

本文デザイン　清水肇［prigraphics］

校正　円水社

編集　山中千尋

定価はカバーに記載しています。

ISBN978-4-910710-09-9